沼泽

岳桦 著

时代文艺出版社

图书在版编目（CIP）数据

沼泽 / 岳桦著. —长春：时代文艺出版社，2016.9

ISBN 978-7-5387-4648-8

Ⅰ.①沼… Ⅱ.①岳… Ⅲ.①诗集－中国－当代 Ⅳ.①I227

中国版本图书馆CIP数据核字（2014）第211062号

出 品 人　陈　琛

产品总监　郭力家

责任编辑　陈秋旭

装帧设计　陈　阳

排版制作　吴　桐

沼　泽

岳桦 著

出版发行 / 时代文艺出版社

地址 / 长春市泰来街1825号　时代文艺出版社　邮编 / 130011

总编办 / 0431-86012927　发行部 / 0431-86012957　北京开发部 / 010-63108163

官方微博 / weibo.com / tlapress　天猫旗舰店 / sdwycbsgf.tmall.com

印刷 / 三河市万龙印装有限公司

开本 / 710mm×1000mm　1 / 16　字数 / 240千字　印张 / 12

版次 / 2016年9月第1版　印次 / 2016年9月第1次印刷　定价 / 40.00元

岳桦

本名吴亚雄，吉林省农安县人，1967年生，1990年毕业于中国政法大学法律系。

岁月蹉跎，猛醒已届天命。2012年，登临长白之巅，相遇岳桦，于生命忽有领悟，于是开始了灵魂的冥思和呼唤。

千里万里

抚摸黑夜的长发

自　序

　　只为尊重一个生命，只为证明一种存在。这是我在时隔廿年后，重新开始诗歌创作的动机。

　　我是一个听从内心的人，我忠实于我自己，忠实于同现实生活发生的冲突和给自己带来的痛苦。这冲突是个体化的、强烈的。这痛苦却不仅仅属于我。我将这一切诉诸诗歌，坦白我的无助和迷茫，诉说我对生活的理解和感悟，对生命、良知和真理的敬畏，承担起我的自我拯救和自我超越。

　　多年以后，当卸下思考的劳顿，我想，我仍旧无悔我的愚直：曾经在一个生命必经的大山上，刻下命运之书索引一样的岩画。我的到达和离去，消失与重现，与生命一样真实，美好。

目　录

沉默与诉说

我种下的向日葵
是我的话语
经历烈日的灌注
饱满得张不开口
索性由它全部自然地脱落
回归孕育它的土地

当一场春雨飘落
我懂得了
向日葵和我走过的这片土地
彼时的沉默
和此时的诉说

八　月

八月，候鸟一样远去
我在空巢下瞩望那依稀可见的飞翔和灵光

八月，我在高原凭吊早夭的花朵
相信轮回定能赐它们以秋的饱满

我相信八月，相信被大地收藏的一切
都会再现果实般的真实

飞翔的振翅高天，沉陷的安享沉寂
唯留一片澄澈的沼泽映着星空

我的八月
悲喜交加

星

这个属于你的漫长的最后的夜晚

我反复地回应着你长长的牵挂

而你却在天空中失忆

我多想双臂能够长过时间

阻挡你终点和起点的重叠

哪怕仅仅刹那的距离

我抑制着心跳

唯恐阻断你那微弱的气息

我极力扰动你的视线

试图唤回那行将隐没的光明

流　淌

不要为河流命名
那不过是水来水去的过往
不要问落叶漂向哪里
那不过是远方的意向
和水蜘蛛自由的联想

天

一颗青果早早地落地
没能进入属于它的秋天
它的灵魂被上帝选中
让一只虫切入它的内心
去记录生命的完美与残缺
一切自然地发生
它的腐烂并不可耻

葬　礼

一池冬荷
等待凭吊的人
残蓬空洞的眼神
凝视着苍天
和荒寂的四周

邂逅是宿命
沧桑过后的目光
相遇了
荷的灵魂

它们
带着圣洁和美丽而来
又簇拥着
殉情于这个世界
我要借扑面而来的四月的雪
追悼这高贵的生命的历程

痴情，好似去年的那阵秋风
曾经目送荷的凋零

流　星

千里万里
抚摸黑夜的长发

夜　雨

今夜
月的心跳骤然停止
天空
大汗淋漓

月，挣脱了窒息
撕碎尸布一样的云翳
它的光
依旧金斑蝶一样
迁徙
流淌

过　往

一滴露
告别草
一眼泉
离开山
一道虹
跨过谷
一片云
了于风
一瞬的不解
也许错过一生

无　　题

一年
一滴泪
串起
二十个
念珠

一年
一声笑
串起
二十年
沉默

第 五 季

天边的那一边
那株不败的
花树
盛开在山坡

穿越灵魂的花园
满目金色的蔷薇
燃烧着
万物的瞩目

在星空和白昼之上
让所有的膜拜

与渴望
皆得其所

天地间
一切
都是它的牵挂

哦，成长

这是
注定的相遇
我看见寂静的灵魂
无声地穿透掌心的纹络
长成一棵树

我把这神秘的一瞬
握在手心里封存
抖颤的手
攥出了叶脉起伏的声音

猛然展开手掌

一片林

已近秋天

冷　雨

属于春天的一片云
被遗落在冬季
在寒冷与寒冷之间
喘息

选择这个夜晚吧
趁着心还没有蛰醒
让凉凉的雨滴
穿透所有的酣睡

谁听到这一夜的雨声
谁
就感受到了神灵

错

你看你的方向
我看我的方向
你我之间
有风刮过

夜，弥合了大地
你顶着星光从远方起程
我窗口那盏灯早已熄灭
今夜，断裂的岩石间
你无声地走过

渡　口

多少撞击和沉落
鹅卵石一样散落在河边
诉说着比叹息还轻的生命
背负的灵魂之重

夜，展开它的纱
过滤着过往的那些刹那和脸谱
分装在善与恶的棺椁
入殓于白昼的光芒

网

网，已然残破
那挂在枝丫间的阴谋
还在秋风中招摇

简单已经像复杂一样可以复制
只要网在
相信你总会到来

如果有一种永恒在你的墓旁

今天，我承认我是思想者
就像昨天
我拒绝诗人的桂冠

选 择 了 你

给你印记
印进血肉里
给你伤痛
痛至地老天荒

若你还未枯萎
生命的礼赞不会响起
若你沉陷贝的壁垒
神的眷顾却恰逢其时

上帝的脚印

受难的日子
默数上帝的脚印
麦田戈壁
沼泽山峰
丛林大海
和雪野

交错的景象
纵横的歧途
我不知该迈向哪儿
又会从哪儿出发
去寻找上帝的方向

我把对命运的揣测
镌刻在岩壁上
用大雾锁着
等待交付使命的那一刻
打开月光的结
把这谶语照亮

那时，或许我
在上帝走失的脚印里
印证属于我的
行走的夜色

流　放

我
是我的法官
我
是我的囚徒
我，把我
放逐

愿那劳役遥遥无期
永不减刑

独　行

1

当我写下这些诗句
已无法沉睡
更不能叫醒你
只怕一生的跟随
从这一瞬开始

2

在这个季节
活着的死去的还有正在孕育的
一同向我致意
爱我的奋不顾身
恨我的义无反顾
而我执拗地在荆棘刺破的梦中
行走

是我
惊扰了这个世界吗

3

直立行走在这个世界
我有三位孪生兄弟

当我和诗歌热吻
哲学拽着我的袖子
还有流氓现实
在觊觎

4

我，放纵我的短板
引来天上的雨，地上的河
将内心冲刷得沟壑纵横

我，珍惜我的短板
那是唯一能够流淌出自我的地方
是我此生渡向彼岸的独木筏

5

从未奢望直视那个遥远
但已厮守多年
一步之遥的先知先觉
怎就注定了
一路走过的万水千山

灵魂独有的
仍然冥顽不化
暗夜里倾听的
依旧反复响起

6

乍阴乍晴的尘世
我背离了自己的初衷
私自截取阳光
锻造骨骼

纷纷扬扬的诘问
不过是眼前的
三天扬沙
七日雾霾
试图勾起我
生命最后的浮躁

7

万千目光
都已离去
我，仍然在
把原点站成边缘

燃烧掉吧
这被世俗涂抹得似是而非的面目
甘愿用白骨的磷光
去守护那份残缺的遗产

今夜，我和我的边缘同在
我和我的原点重逢
只有星光见证
我为我的灵魂加冕

8

站在山峰上
心界明朗，静待花开
巫赐予我的这座山如此苍翠
栈道明亮
攀登的足印已成石阶
石上青苔浸着湿润的心痕
溪水流淌

9

我坚硬的骨骼
是交由命运打击的乐器
我不屈的灵魂
捍卫了我所有乐章的主题

10

那与生俱来的激情
还能持续多久

83岁吧

之后呢

黄昏
藤椅
月牙

之后呢

那不是
之前吗

11

那遥远奔突的热流
已被亿万年的风霜带走
捧你在手，拥你入怀
在你记忆被暖醒的这一刻
你可知在漫长的岁月里
我等得好冷

12

开合多少窗
进出多少门
终不离信仰的蒲团

预约的风雨
都已
如期来临

远方
熟稔的音讯泛波而出
那是
去后的雨

霜
雪
春天
和展向
灵魂天空的
慈悲

存　　在

1

潮
是我
与海的脐带

阳光
让我融入雨
完成对大地的浸润

雨啊
一万次敲打

消失在长长的夜

芭蕉上的露水
流连不去
只为那一瞬的解脱与澄明

2

孤独在孤独的所在
自省在自省的途中

祝　祷

当我离开这里的时候

双手合上四季的风

融合最好的温度

吹向你的天边

像手风琴一样

舒缓地拉开你

清新悠扬的日子

书　签

一片落叶
夹在过去和未来之间
走走停停

沉思的那一刻
吹散了的记忆
重返枝头

祭纽芬兰白狼

题记：1912年4月15日，泰坦尼克号在纽芬兰岛附近撞上冰山，1500余人葬身海底。这次人类历史上最大的海难发生后，悲伤的人们也许不会想到，1800年，纽芬兰土著贝奥图克人，因英国人的占领和屠杀而灭绝；泰坦尼克号下水的这一年，英国人在纽芬兰岛上枪杀了与贝奥图克人和谐共处的最后一只白狼——贝奥图克狼。

月亮
垂挂着已冰结的鲜血缓缓走过
祭奠的旷野

子弹毒药和死亡

验证了你的骨头和灵魂一样

千年不变的雪白

冰山是你的墓碑

埋下的

却是满载文明的一艘船

它们的世界

1

八千里河水
一滴家乡的味道
命定了永恒的方向

洄游的鲑鱼逆流而上
以生命的轮回
呼应一个古老的召唤

2

风，动身的时刻
远古的大雾紧锁着前世的草丛
一只燕子飞向亘古的神秘
去相会最初的那一只

高旷的天宇
生命不息的踪影宛若恒河岸边的沙痕
没有归途的寻找拖长岁月的余音

风
重新起程
燕子
穿掠槐荫飞入永恒

3

一盏灯
就是一生的太阳
走了调的歌唱
已不是祖先对光明的信仰

每一次被赞赏
都是又一次死亡
出生
只是为了出栏

4

那个夜晚
你背叛了世代的忠贞
狂叫着向月明的野坡
开始神圣的发情

私奔山林的刹那
一个宣言
传遍大地

5

一只蜘蛛在初冬的窗外
悠然地编织着网
留恋着
这没有结果的游戏

心灵的游丝触摸着北风的温度
是否为了预知
一场暴风雪的到来

也许，是在等待
一只迟来的昆虫
或者纯粹是一种炫耀
以胜利者的姿态

或许是为了网住

春天发出的第一个讯息

或许只为吐丝

像生活本身那样简单

6

一只虫打破了我的宁静
它的触角切近我的耳鼓
我放弃了那轻而易举的暴力
听从生命间唯一的安排
情愿感受这没有间隔的战栗

我不能忽略它对我的信任
不想限定这世间所有可以接受的声音
不会拒绝任何低语
不管怎样微弱
都要留给它
在命运途中可供喘息的一方空间

或许这只虫更能听懂岁月传来的回声
教我玄奥的感应和独特的倾听
告诉我在某个深夜

发出联结自然的气息

这无人知晓的邂逅
是初识
也是最后的相遇
但从此
这只虫的气味
在我走过的地方蔓延
共鸣
无所不在

7

一只蝇纠缠着我不肯离去
或许它
看到我内心它的喜欢和热爱

我不想驱走它
索性让它引领我
去感受污渍和朽腐的狂欢

8

生存
渐失弹性
瓢虫们
蜷缩在一起取暖

偶有一只
拒绝阳光短暂的恩赐
毅然投入寒风
从同类的头顶翻飞而过
划出一抹金色的弧线
开始了灵魂的祭祀

祭坛足够辽阔，天空如此湛蓝
这高贵的重生
照彻了
这个冬天里所有的战栗

9

受伤的虫子
忍痛拽过一片落叶
覆盖它的伤口

拖着树叶
在树林里爬行
留下的痕迹
泄露了肢体的残疾

在这个虫声嘈杂的林中
赎不了身
念起还要成为蛾
它在炫目的黄昏走向秋的坟场

身上那片叶已嵌入它的茧
春风再起时
翅膀上那异样的纹路
曾是通向灵魂痛处的痂

10

我背叛了祖训
守候在墙角等待你的到来
盼望你那纤纤的手指拎住我的尾巴

假意咬你一口
趁你慌乱的时候贴近你的脸颊
让我膨胀的热情撩起你的秀发

渴望占据你的内心
深夜里我会和着你的鼾声
窸窸窣窣地啃噬你的梦

我要在你的屋内打洞
设想一次饥荒
把珍存的口粮送到你的家中
让我的心意派上用场

我要抛开偏见
爬上你的肩头
愿我们在生命的高处
达成永久的默契

11

与章鱼拥抱了一百次
也未探问出这个软体动物的方向
我揣测这多舛的命运
和那诡异错乱的信息

我朝着夜的另一端无尽地张望
逃离的思绪蟒蛇一样缠绕
听命于蟒蛇吧
向那空茫的中心无限地靠拢

稻草人和鸟

编织天敌的对立
揭示真伪的共存

尴　尬

我的颠扑不破因何到处碰壁
你的不攻自破何以春风万里

沉默所回应的并非沉默所及

能不能

放个屁

算你背叛了文明

阳 光 到 访

邂逅一缕阳光
这份温暖落向心头缓缓地动
仿佛在探听一个陌生的心跳
或者仅是一种问候

但我
无从知道
一如我
对光的陌生

过去已经错位
未来正在断裂
阳光漂移而去
不安从心头升起

那 儿 的 光

1

光
亘古不变地照射千年
而云的到来
改变了它的方式和色彩
尝试蘸着有色唾液
在世间涂鸦

2

强光遣散了色彩
到处是一致的反射
一样的亮度

色彩缩成暗影
被踩在脚下

3

挣脱炫目的囚笼
逃进内心的蚁冢
我乞求上帝
保留生命的隐秘处
好让我把痛
留给自己

4

你佩戴光环
别人佩戴你

光，泛滥着
在人群里
涌来涌去

戏

1

神经
被拉成
抖颤的终点线

信心
几近撕裂
将自己弹离起点

没人告诉你
最后一道跨栏是折叠的谎言

2

那奔跑的腿
完美得近乎假肢

那假肢的完美
超乎了不朽

途 经 暗 夜

1

溺水的光已然死去
我忍受着千年沉积的冷漠
艰难地呼吸着黑夜

河水依旧在流
我游得越来越瘦

2

暗夜里
我捂住每一寸肌肤
只留一双眼睛
守护着
忐忑的睡眠

嗜血的蚊子
竟然
不肯放过
眼里的
血丝

3

逃到千里之外
在稀薄清冷的空气里
母狼一样受孕
渴望降生一个野性的孩子
让祖先的基因
印满荒凉的山坡

忽然响起无声的脚步
悚然回望
竟是月亮探出云层
我嗅出
那云缝里闪烁的阴谋
北风里
开始下一次逃亡

4

四处奔逃
却总是
遭遇
那只猫

它用闪光的利爪
布下迷阵
无论怎样都无法挣脱
它的魔咒

摆脱不掉又成为不了信徒
被迫在脑沟里
刻进猫的信条
一刻不停地念诵
但虔诚
已不是让自己得到超度的因由

猫，遁形而去
这里仍旧充斥着它的笑声
无尽的夜
咧着月亮阴险嘲弄的嘴
我无声地叫喊着
我的叫喊

5

泪水穿透梦
落进心底的蚁穴
幽深的洞里
回旋着骗局的笑声

忍痛拨亮灵魂的微光
却得不到光明的呼应
到处是熟悉的陌生
和散落一地
我那被质疑的真诚

6

如果重生是一种饥饿
我渴望被一只秃鹫吞食
渴望这鸟穿过暴风雨
带我到天葬台边
让我的灵魂冲破我的腐尸
绽开花朵

而今
我深陷这片寒冷阴晦的土地
选择腐烂
已是奢侈

7

挣扎在雾霾笼罩下的废墟
伤痛和恐惧
被一场又一场雪
掩盖填埋
任凭清雪车
碾过雪下的伤口

没有哪一阵风忏悔过它吹过的荒凉
心底的冰裂
拒绝倾听
双手拽住黑夜的两端
塞进内心
向大地孕育一个黎明

8

还未来得及向我诉说
你的喉咙就被锯断
血液已风干
不再变形和扭曲

你无声的笑荡开天涯
大地之上
我和阳光听得到你
最后吐出的一丝一缕

空谷鼓荡着我一个人的荒寂
相信那个曾经勃发的你
依然还在
冥冥中奔赴我们灵魂的约会

9

那被囚禁太久的灵魂
终将走出与暗影的对峙
无论擦划哪一侧
都是燃烧的未来

10

无边的死寂里
窒息的我
被黑暗压挤

一种原始的冲动袭来
唤起
长夜之外的蛊惑
自由，破门而入

11

一个在春夜里吟诗
一个走向冬夜的苍茫
不一样的流浪
却都不曾被黎明松绑

一个用热烈的诗句
向光明发出呼喊
一个身披星光
坐化在善恶的牢房

12

生命被沿途虚幻的繁华诱惑
来不及滋生和繁衍思想
就已溃烂不堪

清高和狂热
皆无法挣脱这黏稠的存在
都难跳跃时空
去拆解，或迎取
始与终

13

我，离开河岸
赤裸着
接受昨天的注视

来自遥远的召唤
幻作遍地月光

雨　笛

笛声召唤了云
向夜的深处聚拢

闪电如苍白的长刺
卡向笛的喉咙

笛声飘落
雨在倾听

枕　木

承受列车碾过的重压
对感知到的危险
不间断地发出警告
一轮又一轮地颠簸
加剧内心的战栗

决定不了出发
却可预知结局
一切都如预言那样发生
只是这预言
在人类丧失的记忆里
最后被发现

每一块枕木
都是一个寓言
如果听懂了
使命就被注定

独　　眼

神灵啊，请坚定我的信念
为了开启一扇窗
哪怕关闭头顶的星空
一只独眼
或许更能洞穿这个世界

浩　劫

1

昏暗的街灯翻飞着千万只虫
聚拢猜不透的谜团
行军蚁的气味
在空气中弥散
号令啃噬夜的思考

愤懑和反愤懑在暗夜中游荡
涡旋般的躁动一刻不曾休止
无聊，还有更大的无聊乘虚而入

黑夜加重灵魂的沉疴
沉寂的灯火不知如何叫醒黎明
历史的喉管被叮咬的创痕
突然青肿复发
传来世纪之初那阴沉的鼾声

过去和未来杳无音信
书页漫天散落
充血的目光浸渍了褪色的封面
和诡异的封底

2

烈焰一次次燃起
浴火的文字
惊魂一样纷飞
一个幽灵爬出灰烬
隐向污浊的沼泽
蠢蠢地等待适宜的温度
重新繁殖

孤证
让幽灵颐指气使
真相，在时间的棺椁里
永不瞑目

3

自由
已被压制成一个时代的造像
无处安放和收存
残留的梦
还在捍卫一种拒绝
融入死生之间虚幻的真实

比呼吸还薄的缝隙
闪现出灵魂的出口
所有被剥夺的和期待的
都在那里等候

4

神秘停止了生长
历史的盲点
雾一般沉积在时间的深谷
经久不散
十万鬼魅在静候一道闪电
将那个灵魂
从虚伪的墓志铭里拖出来
抛入那条河
看他
赤条条地显影

5

当一切受难于
专制的魔方
多少灵魂在痛苦地扭动后
屈从于整齐的秩序
恍惚地生，恍惚地死
被悬空在
一个时代的时差里

你
走出虚妄的循环
遥远的敬畏和神的眷顾
引你回归
倾心用爱和诗
镌刻着十字架

那样的夜

还有谁

像你

拥抱热忱

流布生命的创造

在深邃的沉寂里

把人性之光射向夜空

你，就着这缕光

将寒冷与黑暗一点一点

啜饮殆尽

终结了

那个岁月对生命个体的遗忘

6

在亡灵悬望的视野里
月亮
是高悬的灵幡

倾斜的墓碑
融通两个隔绝的世界
苦苦地等待生者卸下面具

墓碑，这穷途中的路标
为触摸它的人
打开那道黑色的照明

7

对善一厢情愿的皈依命定伴着挽歌
姑且做一片咳血的树叶吧
点染这个季节
或随风而起打理这个秋天

8

总会有那么一天
上帝要收回我的生命
我祈求将我的身躯和思想
连同我的丑陋和善良
一并交给上帝遣来的巨蟒
由它完完整整地吞噬
我惧怕一切支离破碎和血肉模糊
更憎恶被肢解的残肢剩体
四处流传

9

既然这是一个沉默的时代
不妨向雾霾致敬

每粒微尘都裹挟着想要急切表达的冲动
从一个个角落开始集结
以文明的方式在城市上空静坐
向所有呼吸倾诉黑色的言语
大自然赋予微尘权利
遮蔽城市眼睛不是雾霾的罪过
无需平反

10

倏忽闪现的光
透过暗红的浮尘落向荒草
散落一地无法复原的影像

支离错乱的树影间
恍惚有真理鼓荡
安抚着久难平静的呜咽

11

凌汛激荡着灵魂的冰河
等不及沉思和追忆
就匆匆地变成了
一江春水

12

你曾经的热情
已层层沉积成页岩
而今所有的
都在展现春天
你的灵魂却站在春天的对岸

遗忘
弥合了生命的千疮百孔
所有的
都倥偬流逝

既然不能诉说
不如就选择沉睡
让泪水凝冻成冰河

13

秋天过后
我们都将面对一场缺席的审判
我们是在意的
尽管那判决已无关我们

冬天收敛既定的事实
旁听席上的质疑
成了背后的空白

北风掀动着黄表纸
反复宣读着尘世的判决
没有谁能够向岁月申诉

追　悼

1

死亡
或许只是换一种形式对话
为此哀悼的时光
当是亘古不变的沉默

2

背叛的快感
突围的荣耀
是灵魂献给上帝的
两个花环

3

抱着灵魂的原木
漂洋过海
波光粼粼的海面
闪耀透明的语言

爱　愿

1

神的爱是一场雪
无声地覆盖绵延起伏的内心
等到所有过往归于沉寂
我将走向广袤而真实的发现

2

还有哪一种豪情配得上迎面而来的潮汐
踏浪归来
初心如默
倘用一生的领悟
能换来一场月经
我愿重新孕育生命

3

相信最初的
预言
都是为自己设定了棺椁
也随时准备自掘坟墓
初衷不死
是灵魂的根由

先　驱

1

沉思照亮黑夜的寂寥
一个念头醒来
看到天空依然辽阔

饱尝嘲笑者包围的无从反抗的痛苦
宁愿在死的庄严中
接受同类早已备下的例行仪式

悲伤和微笑眺望的方向
不会再有泪水

那份义无反顾的简单留下空白
一半照耀人间
一半带回另一个世界

基因不可逆转的异变
注定周而复始以死亡诠释生命的悖论
肉体朽了
你来了
一只蝇浮想联翩
一些人心不在焉

2

扶着思想的灵柩
走在灵魂的归途

神

其实，神
很普通
与最初的自己
一同分娩
相守灵魂

其实，神
很谦卑
静寂
是唯一的言语

原　点

这神秘的

深殖万物的律令

操纵着季节的轮回

被唤醒的春天里

总有一种闪耀

可以媲美星光

亿万年的飞翔与隐遁

更替，交集

牵动着尘世

万千思绪

所有的预言都已完结
所有的跌宕奔流都已静止
过去和未来
在此相逢

不死的神
将自己的光辉
写入传说
却未留下只言片语

为了比记忆更持久的存在

1

孤绝的喉

拒绝为腐朽歌唱

颈上的枷锁

勒入血肉

不再期寄谁来打开

灵魂在深夜

渐渐失重

时间载着谶语的密码

侵入骨髓

栓塞得
如同窒息的
梦魇

千万种恶压迫的夜
滚成巨石
沉落到
心底的天坑
震裂的伤口
依旧流血不止

忧惧，被沉默吞噬
绝望，触碰到的
不过是未来
虚妄的安慰

时光的背脊
冷漠耸立
将岁月给予我们的

构筑成理想主义的坟墓

唯留固守的眼神

久久地注视

2

守望边地
宽恕了出走的灵魂
放任思想
在泥淖中
踉跄，翻滚

背负废墟
拨亮幻想和热情
照亮古老的宣言
去见证荒原上
阴霾散尽

不泯的忧思
不朽的灵魂
无畏地前行
在无尽的苍茫里

坐落成灯塔
照耀绵延的血脉

3

默默地等候着夜
带着黑色的玫瑰到来
默许我带走一枝
静静地
到远方去

我 的 秋 冬

将世界掘地三尺
头脑依旧颗粒无收
所有看似结局
徒劳却历久弥新
夜里继续拾荒
嘱托只对自己

火　山

1

烈焰，蕴藏了辽阔和不朽
宝石般的结晶如期而至
只有那原本灿烂的
可以不必重新点燃

2

只要有这个名称在
地狱
就构不成真正的压迫

墓 志 铭

此刻我们在小树林里饮酒
每一句话
都是站着的

他日重回这片树林
那依旧站立着的言语
就是我们的墓志铭

旋　转　门

永远在路上
没有驻足的空间
门，更迭着方向
过滤着选择

旋转是距离
也是陷阱
千万遍旋转出
另外的世界
一座转动的教堂
默默地救赎
过往的行踪

秋 已 来 临

1

曾经的风雨

那样狂暴

仿佛这个世界不允许直立

就连过去

和现在

好端端的联系

都被扯乱

而今秋已来临

收束起半世浮华

我，这个时代的早产儿
朝着灵魂的痛处
深深地埋下头

2

夜雾
涨满了帆
经年的渴望
在这一瞬
注入夜的子宫
孕育了
远天的繁星
黑夜的女儿
悄然降临

一束黑色的光
逃离了哭泣

3

总有只手向我示意
我却不知道
怎样回应
只是深怀忧心
仍旧一直向前
撞击绕不过的一切
留下海浪叩问岩石的声音

在我
和世界
连接的地平线上
那只手
再一次出现
教我在宁静里
安顿
过往的风雨

4

月亮
走出云层
禅坐天空
翻阅着
累世的潮汐

一闪而过的鳞光
弥散了
恒久的沉寂
中断
连接永恒的问询

5

遥远的天空
是我的前世
充盈的空间
已漫涣，消隐

穿越冬眠的裂缝
飘来极地的云
逃离暖的伤害
降为纷飞的雪

每一片雪花
都载着云的呼吸和心跳
唤醒我前世的祈愿
回归极地的宁静

U 型 池

生命

聚光在那一夜

我迷恋速度

从一侧向另一侧

极速冲击着对峙的高峰

任何犹疑和中断

都会导致陷落

但即使重重地摔向池底

我仍会重启灵魂的初速度

再次荡起

那夜的写意

和洒脱

都已成为过往

如今

我收获了一个淡然而平和的

着地

请听我一言

倘若不曾被真诚感动
何必抱怨被虚伪绑架

生　活

1

一粒微小的种子
脐带连接着神灵
半句耳语
传去发酵的宿命
布道的痕迹
和最初的温热
来自撒种人的手

2

灵魂的原酒
拒绝勾兑

3

场

没有被命名的死亡练习

精　灵

一条小溪

穿越盛夏

自由热烈地奔来

在脚面手臂和胸膛

尽情跳跃

可我

留不住它

就像留不住这个季节

湿透了的情怀

至今

未能晾干

两行诗：川行印记

1

因我的迟来
你在此空望千年

2

我要拥你入怀
连同你的崖

3

没人能够独占这满山春色
我们只能依次短暂地拥有

4

隐藏在五谷里那醉意的微笑
燃烧了我们五月的肌体

时 间 简 史

我所理解的你
是你花开时的忧郁
被你深藏的我
执拗地留在时光里
空对幽谷
不肯老去

光阴的故事

1

青春里的故乡
平静地照看着
风雨中每一个生命的奇迹
欣赏自由的竞逐
赞美飞翔的广阔
这里孕育的生命
只属于天空

2

亦张亦弛的节奏
掀动欢快的成长
高扬时着地
触地时跳起
两端不停地翻转
中间的人儿
摇落了童年

3

当青春将逝
请唱起蒲公英的歌
捆扎清晨写下的诗
一束束静立山坡
等待风起的时刻
属意未名境界
向着云天升腾

4

巴颜喀拉山顶的太阳
从雪峰的胎体中
把你接生出来
流淌在青春的植被上

不要沉睡于污浊的河床
在前行道路上遇到的每一场雪
都是对前生的回望和返乡
都是一股股来自神灵的启示和力量

诞生即已注定不再拥有宁静
倾尽一生奔赴雪的真实
雪的祈愿、悲悯和爱恋
呼应着海的召唤

5

所有淋过的雨
拂过的风
融化的雪
午后的晨露
深藏地下的种子
还有埋得更深的梦
相拥着
跌进深河
溅起秋水凌空的笑声

天空和大地
如蚌开合
重逢的庆典
周而复始

6

曾经

亲吻天空

幻想唇印星光一样永恒

惹来闪电雷霆

狂风暴雨里

葬下形骸

更深的炽烈

沉入夜的腹中

引燃内心无边的狂热

抵达夜的燃点

怒放生命的约定

7

飞翔是你不变的姿态
忽暗忽明的路途
像羽毛在岁月里
脱落又生长

大海是你飞翔的背景
你要用今生去丈量
却命定了来世
也不会停息

断　崖

1

亿万年的伫立
是在保守一个秘密吗

海鸥凌空掠过
飞向更远的苍茫
断断续续地传回
古老的涛声

2

听到那个音讯
就不再寻找
从此静静地守候在海岸

终于，远方的生命来了
你舍弃所有的供奉
赤裸着忘情地拥抱到岸的波涛

3

岩石断裂
一个灵魂在两个剖面上对舞
痛悼亿万年前
那个古老的初衷

此刻的重逢
灵魂的旧迹
借着月光
缝缀今古

昔 日 重 来

曾经的那阵春风

又刮向河畔的石阶

祭奠的火光

照耀着诗的神圣

重新燃起的诗情

再次照彻那条河流

火光里的自由

连同我的诗和这里的野草

一起疯长

和月亮一同俯视这个夜晚

今夜
拥有无尽的远方
灵魂，如明亮的陀螺停留天宇
连同朗月
一同俯视这个夜晚

没有仪规
自然交替
平静得
就像这月色
浸渍人间

妥 协

倾听
除了星光，就是你
但你是永恒

我不能
允许漫长的空白
闪进我的瞬间

我们相约
保持沉默

面朝大海的猜想美妙而忧伤

也许
这只是死神痴迷的魔术
更可能是上帝的
一次失手

……
一条鱼
跃出大海

大　孤　独

1

你
向我走来
身后
是一条通向天堂的小路

云起时
路，已模糊
风，已沉默

你，在云层之外

回望

将我淋透的雨

2

月亮
已经出走
你
回到你的黑夜

宽　恕
——写给纳尔逊·曼德拉

当我走出囚室，迈过通往自由的监狱大门时，我已经清楚，自己若不能把悲痛与怨恨留在身后，那么我其实仍在狱中。

——纳尔逊·曼德拉

1

穿越黑夜巨大而紧绷的囚衣
四壁临风
你，走出来
身后的石柱被点化成你灵魂不眠的侍者
与荒凉的小岛这波涛上的蒲团
一同升起

你的头颅高过天空

肩上的风雨

已然镌入人类的记忆

2

心中有枷锁
才会有镣铐
海沟，山峰
沙漠，裂谷
在你
都是非洲的草原

你
与大西洋经年累月地对视
铁窗已被你的目光
销熔

3

沉重的镣铐
紧锁廿七道生命的年轮
那间囚室把人类的良知
推向了悬崖

生命被简化缩写
遗忘
伤口诱发伤口
等不及愈合

透穿黑夜的剧痛
你转身
为文明增添了一个永恒的笑容

4

瘟疫一样蔓延的苦难里
袒露瘦骨嶙峋的胸膛
请求宽恕之雨
向大地分娩

黎明
在你滴血的伤口上
醒来

5

是什么，让人类懂得
今天的太阳

你的微笑
映着上帝的眼神

去 与 留

1

路

在远方

我

还在这里

只为等待

那些消散的云

幻成你

2

今夜
我的睡梦是你的回眸
灵魂的光芒
将我引向从无眠到长眠的路
在广阔无边的等待里
我，接纳神的到访
结集生命永恒的言说

留　白

你创造的遗憾的美
让后世所有的创造
都成为它的补白

守　望

阳光又一次来临
照进金黄的世界

千年以后
走来收割的人
那时，我在千里之外

山

夜，能遮住山的失眠吗
山，一寸寸生长
千年无语
不否认也从不说起
它那里发生的一切

山，用胸膛呵护着它的情人
树木，溪流，还有林间的鸟
让穿越的穿越
让驻留的驻留

年轮遗忘在山脚
任由风把所有的过往
带向空谷

归

1

虚旷的天空
悄无声息
夜
收束了翅膀
灵魂
一无所有

迎面而来的
是神的坐骑
接引我复归于
混沌的苍茫

2

漫长的夜晚
在炽烈的眺望中消散
我将尘世那澄澈的混沌
归还给这世界
此刻，定会有一片云彩
闪着爱的光辉
从此，在灵魂栖居的无限里
开始一种纯粹的燃烧

跋

　　我和这片沼泽，静静地躺在一起。从这里飞出的水鸟，仅仅停留在我的思绪里，不属于我。这些高远的灵魂，自有起处，自在往来，归属于天地之间的自由。

　　我只是静静地躺在这里，照看着这片沼泽的水鸟寒来暑往地飞翔。